L'étrange mal de M. BIZARRE

L'étrange mal de M. BIZARRE

Roger Hargreaves

hachette
JEUNESSE

Ce matin-là, les rues étaient désertes. Étrangement désertes.

Que se passait-il donc ? se demandait madame Tête-en-l'Air.

Soudain, elle aperçut madame En Retard.

– Pourquoi n'y a-t-il personne dans les rues, madame En Retard ? Et où courez-vous donc comme ça ? lui demanda-t-elle.

– Comment ? Vous avez oublié le concours de Bizarrance ? On va y décerner le prix de l'idée la plus bizarre !

– Mais oui ! Où avais-je la tête ?

Bizarrance…

Un drôle de nom, pour un drôle d'endroit dont
les habitants sont pour le moins… étonnants !

Là-haut, à la cime d'un arbre, c'est la maison
de monsieur Bizarre !

Si tu te promènes à Bizarrance, tu iras d'étonnement
en étonnement…

On y fait d'étranges parties de tennis, sur un drôle de court. Avec d'étranges raquettes, et de non moins étranges partenaires…

Ce matin-là, monsieur Bizarre jouait avec monsieur Étonnant et madame Follette. Quant au quatrième joueur…

… c'était un cochon ! Oui, un cochon bien rose et bien dodu !

Boum ! Pauvre monsieur Bizarre !

Il avait reçu une balle de tennis en pleine figure.

Monsieur Bizarre était K.O.

Ses amis tentèrent de le réconforter, de lui parler, mais en vain.

Monsieur Bizarre reprendrait-il jamais ses esprits ?

– Mais c'est terrible ! s'écria madame Follette en éclatant en sanglots. Il faut faire quelque chose pour ce malheureux monsieur Bizarre !

Pendant ce temps, la compétition qui récompenserait l'idée la plus bizarre avait commencé...

Sous les yeux du public ébahi, les candidats rivalisaient d'originalité.

Vraiment bizarre ce casque avec des ailes, non ?

– Qu'est-ce que vous nous présentez là, mon ami ? demanda madame Je-Sais-Tout à monsieur Endormi.

– Un réveil dont le cadran n'a ni chiffres ni aiguilles. Ah ! Je vais enfin pouvoir dormir autant qu'il me plaira ! Ce réveil ne risquera pas de sonner !

Monsieur Bizarre revint enfin à lui.

– Ça va, monsieur Bizarre ? lui demanda monsieur Étonnant.

– Pourquoi m'appelez-vous monsieur Bizarre ? Ce n'est pas mon nom !

– Bien sûr que si, c'est votre nom ! assura madame Follette. Et là-haut, c'est votre maison !

– Ma maison ? Vous voulez rire ! Il n'y a que les oiseaux qui vivent dans les arbres !

Monsieur Bizarre avait vraiment perdu la mémoire.

La compétition continuait, et les candidats se succédaient sur la scène.

Un tonnerre d'applaudissements salua le numéro de monsieur Bing.

Des applaudissements bien mérités, n'est-ce pas ?
Car jongler avec un œuf, et sans le casser, est une idée des plus saugrenues !

Bien entendu, monsieur Bizarre ne se souvenait plus qu'il était inscrit au concours de Bizarrance. Mais, espérant de tout cœur qu'il retrouverait la mémoire, madame Follette parvint tant bien que mal à le pousser jusque sur la scène.

– Arrêtez de m'appeler monsieur Bizarre ! grognait-il. Et puis, je ne vous connais pas ! Vous n'avez pas le droit de…

– Bonjour, monsieur Bizarre ! coupa madame Je-Sais-Tout. Je parie que vous avez trouvé une idée bizarrissime !

– Mais je ne suis pas monsieur Bizarre ! Je ne vois pas de qui vous parlez ! répondit monsieur Bizarre, sous le regard étonné de madame Je-Sais-Tout.

Madame Follette commençait à s'inquiéter. Décidément, le mal dont souffrait son ami semblait sans espoir.

Monsieur Bizarre fut bientôt déclaré vainqueur.

Tu as trouvé pourquoi, n'est-ce pas ?

En effet, plus monsieur Bizarre répétait qu'il ne s'appelait pas ainsi, et plus le jury trouvait cette idée géniale. À son avis, c'était l'idée la plus extravagante de la journée.

– Hourra ! Hourra ! Bravo ! criait la foule en délire.

Tout à sa joie, et jonglant de plus en plus haut, monsieur Bing ne parvint pas à rattraper son œuf…

… et,

… boum !

L'œuf atterrit sur le nez de monsieur Bizarre !

– Comme je suis content de vous voir, madame Follette ! dit aussitôt monsieur Bizarre. Oh ! J'ai un petit creux ! Je mangerais bien une omelette à la confiture de fraise et à la moutarde !

– Youpi ! Monsieur Bizarre m'a reconnue ! fit madame Follette. Il est guéri !

Depuis cette mésaventure, sais-tu ce que porte monsieur Bizarre lorsqu'il joue au tennis ?

Un casque, bien entendu !

RÉUNIS VITE LA COLLECTION ENTIÈRE

1 MME AUTORITAIRE
2 MME TÊTE-EN-L'AIR
3 MME RANGE-TOUT
4 MME CATASTROPHE
5 MME ACROBATE
6 MME MAGIE
7 MME PROPRETTE
8 MME INDÉCISE

9 MME PETITE
10 MME TOUT-VA-BIEN
11 MME TINTAMARRE
12 MME TIMIDE
13 MME BOUTE-EN-TRAIN
14 MME CANAILLE
15 MME BEAUTÉ
16 MME SAGE

17 MME DOUBLE
18 MME JE-SAIS-TOUT
19 MME CHANCE
20 MME PRUDENTE
21 MME BOULOT
22 MME GÉNIALE
23 MME OUI
24 MME POURQUOI

25 MME COQUETTE
26 MME CONTRAIRE
27 MME TÊTUE
28 MME EN RETARD
29 MME BAVARDE
30 MME FOLLETTE
31 MME BONHEUR
32 MME VEDETTE

33 MME VITE-FAIT
34 MME CASSE-PIEDS
35 MME DODUE
36 MME RISETTE
37 MME CHIPIE
38 MME FARCEUSE
39 MME MALCHANCE
40 MME TERREUR
41 MME PRINCESSE

DES **MONSIEUR MADAME**

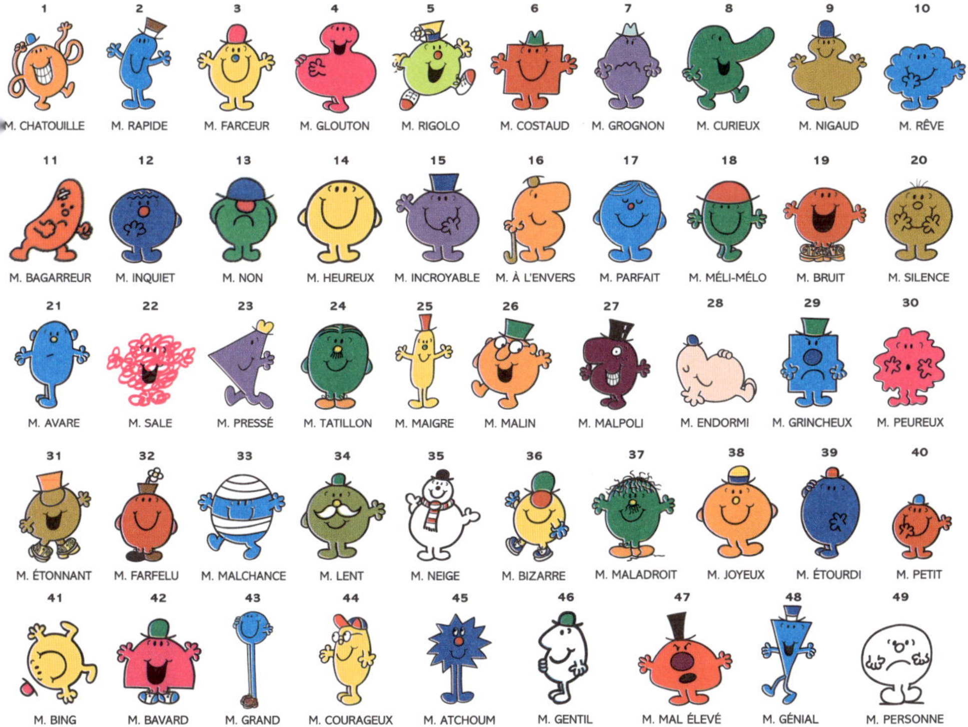

Adaptation : Josette Gontier
Dépôt légal : Juillet 2011
ISBN : 978-2-01-224887-8 - Édition 01
Loi n° 49-956 du 16 juillet 1949 sur les publications destinées à la jeunesse.
Imprimé et relié en France par I.M.E.